SENTIR Y PENSAR

Rosario de Acuña

Copyright del texto © 2023 Culturea ediciones
Sitio web : http://culturea.fr
Impresión: BOD — Books on Demand
(Norderstedt, Alemania)
Correo electrónico : infos@culturea.fr
ISBN :9791041812790
Depósito legal : abril 2023

DEDICATORIA

Padre mío: ya hace muchos días, muchos, que no me hablas, que no me miras; el pasado se aleja de mí sin piedad, y mientras el polvo húmedo y frío de la tierra se lleva poco a poco tus humanos restos, mi vida se desliza a través de sus contadas horas buscando sin cesar el olvido, y hallando solamente el recuerdo; sí: imposible separarme de ti, imposible romper el lazo misterioso de nuestros seres que, identificados en pensamientos y en pasiones, vivían unidos por el más puro de todos los amores; tu voz no vibra ya en la terrena atmósfera, y sin embargo, allá, en las profundidades de mi cerebro, residen las ondulaciones de sus ecos; tus palabras se abren paso a través de mis ideas, y la frase que brota de mis labios es la misma que pronunciaban los tuyos, repetida por mí con el afán de escucharte en mis palabras: tus ojos ya no irradian en las diáfanas olas de la luz mundanal, y sin embargo, tu mirada, con todos aquellos hermosísimos encantos con que la hacía brillar tu noble condición, va fija y grabada en mi pupila, y vive y resplandece en el fondo del pensamiento, como si en él hubiera quedado imborrable la imagen de tus ojos; y cuando, viviendo en tu recuerdo y alegrándome con tu presencia, que tan real me parece, desciende la imaginación a los confines de la tierra, la sonrisa que sentía en mi alma al verte y al oírte se trueca en contracción de espanto y de dolor, al considerar que estamos separados por la eternidad, y que entre nosotros se amontona la podredumbre de un sepulcro y el incansable rodar de los tiempos...

Pero, ¡ay!, que vuelve la mente a no querer pensar sino en ti, y vuelvo a oírte y a verte, y a suponer que en plática cariñosa nos comunicamos, y nada basta a que se aparte mi cerebro de tan halagadora visión, y con ella se aviva el fuego de mis ideas; y con ella los horizontes del porvenir se entreabren, iluminados por algunas risueñas esperanzas; y con ella se mueve la voluntad a la lucha por la existencia; y con ella creo que para algo más que para morir nacimos; y con ella, con la suave y consoladora ilusión de que me miras cuando te veo y de que me escuchas cuando te oigo, corre mi pluma sobre las blancas hojas, y brota la palabra interpretando el pensamiento, y voy soldando en frases y en conceptos las reminiscencias de la inteligencia... ¡Qué desencanto habré de sufrir, cuando en fuerza de pasar años y años, me llegue a convencer de que para siempre te has ido! ¡Cuántos abismos llenos de crudelísima pena se irán abriendo ante mí, cuando el invierno de la vejez suceda al estío de la imaginación, y fría ya para todo recuerdo vivo y palpitante de tu breve existencia, me deje solamente con las heces de tu memoria! ¡Y cuando pierda, a impulsos del fatigoso cansancio que dan los años, tu imagen querida, y sólo encuentre al horrible fantasma de tu calavera descarnada, cuyas órbitas huecas me mostraron la sombra de la muerte, y cuya boca silenciosa nada me dirá que no parezca un sarcasmo, ¡qué helado frío penetrará en mi ser y qué horrorosa noche se irá extendiendo sobre mí, al no poder llenar el vacío en que me dejaste, ni aún con este recuerdo, que hoy es mi vida!...

Padre: desde que te fuiste esta es la vez primera que busco en el cielo del arte algún leve resplandor para iluminar mi frente: si lo encontrase; si en ese radioso espacio, donde la poesía se viste con cendales divinos, logro conquistar un solo destello del sol de la gloria que, aunque breve e indeciso, me cerque de mágica aureola, para que de ella se inunde tu recuerdo, es por lo que siento el afán de conseguirla, para que tus huesos, estremecidos por el entusiasmo, caliente el hielo de la desmenuzada tierra que los agobia, si es que allá, en las sombrías regiones de la muerte, aún se pueden estremecer nuestros despojos con las oleadas de la vida; para que tu mirada, al sondear los homenajes del triunfo, venga a posarse sobre mis ojos más amante, más plácida, más intensa; para que tu voz, con el ritmo conmovedor de la emoción, vibre húmeda con tus lágrimas, interrumpida por tus besos diciéndome: «¡Gracias, hija mía!». Todo, todo para ti, padre; y si la indiferencia, el desprecio y la justa crítica empuñan flamígera espada, y no me dejan entrar en el lumínico empíreo de la gloria; si abatidas mis quebradizas alas, me obligasen a descender a las esferas donde la muchedumbre cruza, cual río caudaloso, siempre sujeta a un mismo nivel; si tuviera que conformarme con un número, sin distinción ni privilegio, en las legiones del vulgo, de donde intento salir, acaso más por osadía, que por merecimiento: entonces, padre mío, tú solo recogerás las flores de mi inteligencia; tú solo coronarás mis sienes con el laurel bendecido; tú solo serás el público que me aplauda, la mayoría que me felicite, porque en el amor ilimitado que me guardaste siempre, en el culto fervientísimo que tu alma tributaba a la mía, los errores de mis pensamientos se tornarán en fúlgidas inspiraciones; la viciosa y forzada construcción de mi estilo, en primores gramaticales y escultural decir; y la defectuosa y convencional idea, en planteado problema de innegable importancia; que a tales milagros alcanza la pasión, cuando se torna en la idolatría paternal: entonces los dos nos recrearemos hojeando las páginas de este poema; y como el alma la satisface más el aplauso de un solo ser amado que los plácemes de muchos desconocidos, en tu gozo y en tu satisfacción recogeré mi recompensa, y tan preciada será para mí la diadema que tu cariño me ciña, como los parabienes que escuche a mi paso si consigo que resuene en el santuario de la fama.

Que todo sea para ti y por ti… y si nada de esto llegase a tu ser; si en los recintos umbríos de la fosa ya no hay más que polvo deleznable, átomos dispuestos a buscar sus afines, para unirse y formar nuevos organismos; si al arrancarse de su lazo de unión las moléculas de tu cuerpo, desunieron tu espíritu, y cada una de ellas arrastro una parte de ti, y al llevársela al laboratorio cósmico de la naturaleza, quedó borrada la entidad de tu ser, dividida hasta lo infinito, y hasta lo infinito transformable; si nada hay más allá de aquel último suspiro que recogí de tus moribundos labios, ni de aquella postrera mirada de tus apagados ojos; si la conciencia de ti mismo desapareció del panorama universal de la vida, al dilatarse tu pecho con la última aspiración del aire de nuestro planeta; si el fin de tu existencia terrena fue la señal del absoluto aniquilamiento de todas aquellas fuerzas, que en ti, como en todos lo seres, sustentaban la vida, regían la voluntad y formaban la conciencia; si el espíritu es sólo un fantasma, creado por la imaginación, y cual sombra de nosotros mismos desaparece así que nos retiramos a la oscuridad de la fosa; si el nada terrorífico quedó esculpido sobre el ataúd que encerró tu cuerpo, como la única realidad que persiste más allá de la tierra, entonces me volveré hacia mí misma, y como en mí estás, y como en los hemisferios de mi cerebro repercute tu voz, se delinea tu imagen, irradian tus ojos, bullen tus ideas, germinan tus pensamientos, vibran tus emociones y surgen tus palabras y accionan y dominan los sentimientos todos que en ti dominaban y accionaba; mientras yo exista en el orden de la vida humana; mientras, como a ti, no me aniquile la muerte, en el ideal de tu recuerdo buscaré las dichas todas de mis días, todas las aspiraciones de mi ambición, todas las esperanzas de mi existir: y si el fluido del alma, como destello fijo de inamovible luz, no se divide, ni se trunca, ni se anonada en la pluralidad de los átomos materiales ante el frío hábito de la muerte; si, al desunirse del organismo, deja de ser parte de él, para recogerse en un solo seno indivisible, inanalizable, incognoscible; si ese espíritu subsiste y persiste fuera de la naturaleza terrenal, y en las transformaciones de los tiempos no pierde ni confunde su personalísima entidad; si aún eres bajo otra forma, en otro mundo y en otro medio; si en las etapas de la perennidad de la vida sigues caminando hacia lo superior indefinido, llevando siempre como sagrada distinción las más eminentes cualidades del alma racional; entonces, padre mío, aunque nada semejante exista entre la morada que habitas y la que hoy habito; aunque entre nosotros se alce la dura piedra de tu sepultura, que acaso ya no guarde más que informes jirones y blanquecinos huesos; aunque nos separen inmensos espacios poblados de millares de mundos, más poderosos que todas las fuerzas conocidas de la naturaleza, más inviolable que la ley de la atracción universal es el privilegio del pensamiento, cuando se lanza en pos del ser amado sobre las alas de los inmortales deseos a través de la eternidad; mis pensamientos llegarán hasta ti, cruzarán en tiempo inmedible soledades desiertas, frías regiones sumidas en sombra impenetrable, limbos de fuego donde los soles múltiples agiganten las formas bajo los efluvios de su luz deslumbradora, masas caóticas que en las convulsiones de su alumbramiento arrojen a los espacios mundos y planetas; y siempre siguiéndote, siempre atajando el tiempo y dominando a la materia, te encontraré donde quiera que existas, y con el grito de la felicidad se unirán nuestros espíritus, regidos por la gravitación del pensamiento, que tiende a caer en su centro primitivo. La comunión de nuestras almas será en lo infinito y, bien que ya no existas más que en mí misma, o bien que tu vida avance por las sendas eternas de los espacios ultra-terrestres, de todos modos para ti y por ti pienso y acciono y existo… ¡Cómo, si no, pudiera vivir! Tu muerte trazó una brusca línea en mi porvenir, como esos taludes cortados a pico sobre un océano desconocido, que interrumpen de improviso el paso del explorador; detrás de mí, en el pasado, descubro los paisajes, risueños y amenos, de feraces vegas y deliciosos valles; delante de mí tu sepulcro, al otro lado el abismo mostrándome las turbulentas olas de un mar sombrío, espumoso, arremolinado, batiendo sin cesar las rocas negruzcas y socavadas, y extendiéndose sin límites, inmenso, en el horizonte, oscurecido por brumas, precursoras del huracán, del rayo o de los hielos: no hay más remedio que avanzar, pues no le es posible al hombre ni detener los sucesos, ni retroceder en su camino: no hay más remedio que bajar la áspera y grietada vertiente, erizada de abrojos y de aristas, y aprestarse a navegar en ese mar impetuoso y desierto donde únicamente percibo los bajeles piratas, tripulados por la vanidad, por el egoísmo y por la avaricia; no hay más remedio que abandonar la orilla, alejarse del pasado, despedirse de todo lo que ofrecía calma, sosiego, confianza y alegría y tomar pasaje entre los indiferentes y los desconocidos: tal vez la nave me lleve estará carcomida por el materialismo grosero de las grandes ignorancias; acaso se encuentre su timón enmohecido por la artera calumnia, o el vil manejo de la hipócrita envidia; puede ser que bajo su desmantelada cubierta no halle ni rastro de combustible que me preste calor en las crudezas de la travesía; pero, a pesar de todo, es preciso abordarla, y lanzarse con ella en el piélago que se extiende ante mí, intentando encontrar derrotero, y cruzar las rompientes, y esquivar los escollos, y aprovecharse de los vientos… ¡Sola y a merced de lo desconocido, y dejando en pos las fértiles campiñas! Si no fuera por tu recuerdo, ¿cómo es posible que arrostrara tan impetuoso oleaje?

Contigo camino, como por ti vivo: ¡sólo tú te regocijarás con mis pensamientos, y sentirás el orgullo de mi triunfo! ¡Y solamente tu entusiasmo recogerá los ecos de mi gloria, si la consiguiera! Fuera de ti, ¡qué vacío! Fuera de ti nada veo más que el dolor y la pena en lo porvenir, la soledad en mi lecho de muerte, y lo eterno cerniéndose sobre los destinos humanos; pero lo eterno misterioso, desconocido, indeterminado, indefinible; lo eterno, defendido por la esfinge impasible de la duda, fría, cruel, analizadora, gozosa únicamente, cuando, entre sombrías reflexiones, me descubre unas veces la vida imperecedera, y otras la risible mueca de un esqueleto…

¡Quisiera, padre mío, ser salva por tu recuerdo!

Rosario

Marzo de 1884

DECORACIÓN

Acababa la aurora de mostrarse

en el rojizo Oriente;

sobre las altas cumbres de granito;

que allá en Sierra Morena

se elevan a través de lo infinito,

brillaban, simulando ramas de oro,

los destellos del sol, que se anunciaba

por el sublime y armonioso coro

que la naturaleza canta al día,

como en prueba de amor de quien lo envía.

Todo el paisaje es grande e imponente,

a la vez que impregnado de belleza:

rocas negruzcas, pardas y rojizas,

cubiertas de maleza

madroñeras pajizas

alternando con verdes madroñeras;

jarales mustios, de arrugadas hojas,

y espléndidos jarales,

de blancas flores por doquier vestidos;

chaparros retorcidos,

y altas encinas de copudas ramas

medio envueltas en muérdago y en hiedra;

florecillas silvestres, y retamas,

nacidas en las grietas de la piedra;

guijarros transparentes,

por vetas, como el ágata, surcados,

y pedazos de escorias minerales,

mostrando sus brillantes plateados;

a trechos, infecundos arenales,

de fresca hierba por doquier orlados,

y, junto al manantial de blanca espuma,

que salta en turbulento remolino,

la plácida corriente,

deslizando sus aguas silenciosas

entre adelfas y rosas

que miran sus corolas en la fuente,

esmaltadas de blancas mariposas.

El águila, girando en el espacio

y fijando su límpida mirada

sobre el fuego del sol, y, entre el ramaje,

la tórtola inocente, enamorada,

llamando a su dormida compañera

con la dulce cadencia de su arrullo;

alisando los cuervos su plumaje

sobre el recorte de afilada roca,

y la deliciosa alondra, pobre y loca,

amante de la luz, volando alegre

hacia el confín del cielo,

y cantando mejor cuanto más sube,

porque ella expresa su amoroso anhelo

con los trinos que forma en su garganta,

y encontrando más luz lejos del suelo

se eleva sin cesar y mejor canta.

Así la creación se estremecía

a los besos del astro refulgente

que en su trono de púrpura encendía

la antorcha de la luz sobre el Oriente.

ELLA

Casi niña; ojos negros, donde brilla,

con intenso fulgor, el rayo hermoso

de un genio audaz, valiente e indomable,

cual se halla siempre el huracán nacido

de la humana pasión; rosados labios

donde se ven jugar ardientes besos,

de donde brotan, con sonoro ritmo,

frases vehementes, rápidas, concisas,

periodos impregnados de ternura

no vestida jamás con esas galas

de la falsa virtud, ternura pronta

a expresar esa fuerza de la vida

que al palpitante corazón alienta;

de estatura arrogante, más graciosa

en proporciones; con altiva frente,

alguna vez, para su mal, surcada

por arruga profunda, que descubre

un pensamiento observador, tirano,

melancólico, ardiente o ambicioso,

pero siempre sujeto en los abismos

de inteligencia audaz, grande, ignorada

de todo el mundo, acaso envanecida

de sí misma, y acaso, con tristeza,

mirando la orfandad en torno suyo…

Así es María; el alma que ha traído,

su cuerpo, a los combates de la tierra

no ha querido bajar a donde luchan

las pequeñas pasiones, levantada

en agitado vuelo, donde nunca

se vislumbran los odios ni los vicios,

gira en torno de un cielo misterioso,

tal vez de donde vino, cuando al grito

áspero y repetido de la vida,

bajó a encerrarse en el somero barro,

jamás pudieron dominar su alteza,

y aunque sujeta siempre y vigilada,

y, por error de educación, sirviendo

de escarnio al vulgo necio, que la mira

como un extraño ser, de burla digno,

el alma de María, siempre libre,

grande, elevada, amante y soñadora,

busca la luz, como la alondra, y canta,

a medida que al cielo se levanta,

el fuego del amor que la enamora.

Él

Envuelta en triste niebla la mirada

de sus ojos, muy negros, muy rasgados,

brillante sólo al soplo pasajero

de alguna vanidad, de la memoria

de una riqueza material, del goce

soñado de un placer alegre o fácil,

y brillantes, también, cuando simulan

los afectos, y al hacer alardes

de inusitado amor hacia sí mismo;

de veinte años apenas, tez ajada

por el sol y el insomnio de la dicha,

labios de matiz rojo, bien plegados,

brindando amor y haciendo al pensamiento

su cómplice en perjurios y en embustes;

frente llena de luz, alta y hermosa

de negra cabellera rodeada;

armónica la voz, que en ricos tonos

pronuncia siempre frases escogidas,

llenas de colorido y de viveza,

pero siempre ligeras y vertiendo

un tinte burlador, liviano, impío,

que en vez de hacerlas suaves, melodiosas,

las transforma en un áspero conjunto

de informes y confusas vibraciones,

alto, pero inclinado hacia la tierra,

cual si temiera levantar su frente

por encima de míseros mortales;

entre falsas virtudes, educado

en los altares del becerro de oro,

tal es Fernando; siempre vacilante,

en el profundo abismo de las sombras,

allí habrá de morir sin que su fuego

vierta luz ni calor, sin que se vean

las grandezas que guarda en sus repliegues,

en vez de iluminar, con sus fulgores,

el ancho espacio de la humana vida

y perecer en fúlgido destello,

habrá de ser reflejo blanquecino,

tenue llama fugaz, que, lentamente

sin rastro, ni color, se ira borrando

del horizonte eterno de las almas,

sin que a su muerte se oscurezca el cielo,

sin dejar un recuerdo de tristeza,

que, en tal vacío y entre tanto hielo,

se olvida, aun cuando exista, la belleza.

EN ESCENA

«Fernando, no es posible lo que dices,

¡Tú dejarme!... ¡olvidar nuestros amores!

¡Quitar del alma, como secas flores,

aquellas ilusiones deliciosas

que merecieron risueñas nuestra infancia!...

¡Olvidarnos!...¡los dos!...¡Vamos, delira!...

¡Lo que no dice no es más que extravagancia!...»

— Así hablaba María; cuanto dijo,

y dirá en adelante, lo escuchaba

el agreste paisaje de la sierra;

un rico pañolón de cachemira

(estando a tal altura

siempre hace frío por aquella tierra)

envolvía a la hermosa criatura

cuyo cabello, negro y abundante,

en deshechas guedejas esparcido

jugaba dulcemente en su semblante,

por tenue brisa sin cesar mecido. —

«Es preciso, María; ya ves; piensa…

—Fernando iba a seguir, pero María

que sin duda comprende ¡triste caso!

toda la fuerza de razón tan clara,

se vuelve hacia Fernando y, cara a cara,

con un rayo de fuego en la pupila,

que acaricia los ojos de su amado,

y de esperanza y de temor vacila,

le dice así: —«Contesta;

me amas o no; no admito otras razones,

que no hay poder ante el poder inmenso

con que liga el amor dos corazones;

me amas, Fernando, di» —«Te amo, alma mía;

mas… nos habremos de olvidar, María.»

«Pero ¿por qué, por qué?» —gritó la joven.

«¡Y no te he de ver más, y no he de oírte,

ni soñar con la dicha que hoy ignoro

de ser en todo y para siempre, tuya!

¿Y valgo menos yo que tu tesoro?...

—Así, con reposado acento, dijo

aquella alma de fuego, que vivía

en un mundo distinto al de su amado;

¡cómo irradiaba en luz de hermosos tonos

su pálido semblante,

y cómo se escapaba de su boca

el fuego que en su pecho se encendía

¡Pobre mujer, desventurada y loca!

sacerdotisa, acaso sin saberlo,

del Dios amor, que tiene sobre el mundo,

por pedestal, amontonado el barro

y por trono y dosel, el vicio inmundo!

…………

«¡¡Y podrás olvidarme sin recelo!!...

y podrás, ¡ay!, vivir en noche oscura,

pues siendo tú mi sol, yo soy tu cielo…»

«¡María! ¿a qué empeñarte en esa idea?

¿no viste mil amantes separados,

vivir, después de tiempo trascurrido,

felices, sin zozobras ni pesares,

uniéndose a otro ser en los altares?»

«Y ¿se amaron?... Es falso; ¡lo creyeron!

quien ama como yo, muere, si olvida;

¡cómo es posible que vivir se pueda

con el dolor horrible de esta herida!»

. . . .

Un cuervo en esto grazna desde lejos

y, a la par que el graznido,

vibró entre el aura fresca carcajada,

en diapasón unido;

por el alma del hombre fu lanzada;

¡raro contraste! La grandeza toda

del ser privilegiado,

se confundió, en acorde coreado,

con el grito de un pájaro, que tiene

que mantenerse de animales muertos,

en medio de peñascos y desiertos.

. . . .

«Mujer, qué exagerar tan excesivo.»

—Dijo, tratando de calmar su risa,

aquel Fernando grave y expresivo

dotado de una voz clara y concisa.

«No seas niñas, María, y ten prudencia;

ya sabes que te adoro…

pero querer no basta en la existencia;

no, porque hay que pensar lo que se quiere;

sentimiento que alienta en el vacío

al fin nos hace esclavos del hastío»

…………..

¡Oh profunda verdad! ¡cómo saliste

en frase dura, enérgica y vibrante,

a cruzar, como látigo de hierro,

el pálido semblante

de la infeliz María!

¡Ella juzgaba el alma de su amante

por lo que el alma suya le decía,

y en el amor intenso en que latía

vio fuera del amor pena y dolores

y se encontró, de pronto, en el abismo

del bárbaro egoísmo

que ofrece espinas en lugar de flores.

EL AUTOR

El eco de la voz de aquel amante

se perdió en el espacio; muda y fría,

miró hacia el sol María;

después hizo una trenza en su cabello;

con el pulgar de su rosada mano

quitó del rostro bello

una lágrima audaz que lo surcaba

y que a los rayos de la luz brillaba,

como una fresca gota de rocío;

se recogió en el talle su pañuelo;

miró a la senda que a sus pies se abría

y, fijas sus miradas en el suelo,

comenzó a caminar con lento paso,

dando la espalda al sol, frente al ocaso.

Él la miró marchar, con ironía,

hizo un mohín de duda, y con la mano

la frente se tocó, como quien dice: —

«Alzó sus hombros; recogió su abrigo;

y, tosiendo, después, seco y cortado,

se alejó de María

por un sendero del opuesto lado.

De pronto, oyese un grito penetrante,

agudo, como el grito del que mira

en noche de naufragio y de tormenta

apagarse la luz por quien suspira;

Fernando se paró, quiso volverse,

pero antes de cumplir con su deseo

dos brazos le impidieron el moverse;

unos labios de fuego, temblorosos,

por lágrimas de pena humedecidos,

dejaron escapar impetuosos

el rayo abrasador de los sentidos;

un beso, el de los sueños amorosos,

daba a su amante la infeliz María,

y en tanto que él, cual insensible roca,

se dejaba besar diciendo —«¡Loca!...»

—La joven en su anhelo repetía—

«¡¡Quiero llevarme un beso en tu boca!!»

¡Oh misterio sin igual! El lazo

de la atracción ¿do existe, cuando liga

desemejantes almas? ¿Do reside

esa ley del amor que a tanto obliga,

y que manda, y preside,

la indisoluble unión de dos conciencias?

¿Cómo se pueden sujetar a un tiempo

opuestas existencias?...

¿Cómo el alma de aquella que vivía

en los efluvios del amor, ligose

a otra alma informe, vanidosa y fría,

que no contó uno más de sus latidos

ni ante el fuego voraz de los sentidos?...

¡Vida, espíritu, muerte, sombras, dudas

y abismos, donde el alma se confunde!

¡Esfinges pavorosas, siempre mudas

ante el afán que anima al pensamiento,

jamás responden al humano acento,

solamente su impávida mirada

descubre, igual que al sabio al ignorante,

que al fin llega un instante

en que dice Ya sé que no sé nada.

LA DAMA DE CARÁCTER

«Vamos, di, ¿de dónde vienes?

¿Te parece cosa buena

el marcharte, al ser de día,

por en medio de esa sierra,

como una mujer sin juicio,

o como un ánima en pena?

Mañana a Madrid nos vamos

que ya tu salud no fuerza

a vivir en estas viñas

entre peñascos y fieras;

vamos, di, ¿de dónde vienes?

—Así gritaba una vieja,

con mil deseos de joven,

y en la frente muchas greñas,

y un ancho cuello de encaje,

y holgado traje de seda.

«Vengo, madre, de mirar

el sol por la luz postrera.»

— Así contestó María,

que fue la pregunta a ella. —

«¡Bonito oficio es el tuyo!...

andar soñando despierta,

siempre en el cielo, olvidando

que vivimos en la tierra;

a no verlos, no creería

que hija de tu madre fueras;

holgazana y caprichosa,

con mil extrañas ideas,

ni te gustan los adornos

ni te seducen las fiestas,

pues es menester, María,

que estés a cambiar dispuesta,

que si de niña dejamos

torcerse al árbol, ya es fuerza

que le pongamos derecho,

que puede venirse a tierra.

Mañana a Madrid nos vamos,

ya he mandado por las yeguas

y por los mulos, que tienen,

los de Guzmán, en la dehesa,

y en Córdoba tomaremos

el tren que de noche llega…

Según me han dicho, Fernando

vino ayer…¡bonito fuera!...

saliste de madrugada,

ya caigo…¡loca, por fuerza!

Solamente estando loca

tal acción se te ocurriera;

sin pudor y sin recato,

como la mujer más necia,

habrás estado con él…

¡Oh! ¡la sangre se me quema

cuando miro lo que haces,

lo que eres, lo que piensas!...

Todo Madrid lo sabrá,

que no imagines siquiera

que tu padre y yo seamos

amparo de tu imprudencia;

y aunque dicen que eres lista,

ya verás cómo se quedan

al conocer tus sandeces!...

Pero di, mujer, ¿no piensas?...

¿Cómo te podrá querer

Fernando, con las riquezas

que guardan los suyos? ¿Cómo

le dejarán que te quiera?...

Y, luego, si fuera el hombre

algo resuelto siquiera…

Yo no sé de dónde sacas

tus ambiciosas quimeras.»

—Con este aluvión de frases,

en agrios tonos dispuestas,

fue recibida la joven

al regreso de la sierra.

En las viñas que su padre

posee en aquellas tierras

estaban de temporada,

que así lo ordenó la ciencia,

para que hallase la joven

vigor en naturaleza;

la dehesa de los Guzmanes

de quien es Fernando muestra,

lindante de aquellas viñas

sus ricos pastos enseña,

y con esto bien se explica

que entre aquellas asperezas,

se hallasen de madrugada

el galán y la doncella.

ENTRE BASTIDORES

Sobre un peñasco inmenso y recortado

en agujas salientes,

en sus cimientos cóncavos bañado

por el agua que arrastran dos torrentes,

cuando la luna en el cenit se alzaba,

hallábase la huérfana María

la noche de aquel día

en que su amor sin alma la dejaba.

Nadie supo jamás de qué manera

pudo salir, de noche, de su casa;

no es extraño, si bien se considera,

que en aquel sitio, siempre despoblado,

resuelta el alma, el cuerpo acostumbrado

a caminar por ásperos terrenos,

no se teme el andar por el terrado,

y el saltar una tapia es lo de menos;

ello fue que saliose de aquel nido,

donde jamás halló calor ni amores,

y, sola, triste, deshojando flores

de las que al paso hallaba,

inclinada la frente sobre el pecho,

silenciosa, y despacio, caminaba

por un sendero estrecho,

que al peñascal descrito la llevaba;

allí parose; el rostro alzó, la luna

iluminó su frente; muy hundidos,

húmedos de llorar, sin luz alguna,

sus elocuentes ojos se veían;

escuchemos aquello que decían,

mientras fijaban trémula mirada

en las revueltas ondas del torrente,

que en el profundo abismo se escondían

para brotar después en mansa fuente.

«¡Madrid!... ¡y allí el vacío y la tristeza

donde quiera que vaya!... ¡Aquí, a lo menos,

escucha mi dolor naturaleza!...

¡Mi dolor!, ¡dónde está, si yo soy toda

dolor, desde el instante

en que no miro el fuego de sus ojos!...

¡Y no me quiere, no, ni aun para amante!...

¡Y he de vivir!... ¡Error! tan solo abrojos

me ofrece la existencia…

Pero ¿y el cielo?, ¿y Dios?, ¿y mi conciencia?...

— Aquí se estremeció, tal vez de frío,

o, tal vez, de mirar tanto al torrente

que suele estremecernos el vacío

cuando lo vemos sin cesar de frente. —

«¡Dios!, ¡la conciencia!, ¡el cielo!... ¡sin él nada!

¿Para qué me ha servido la pureza

de mi conciencia? ¿Para qué el anhelo

con que he fijado, siempre, la mirada

en el azul espléndido del cielo?

¿Para qué ese temor, pueril acaso,

a un Dios que nunca hallé, ni vi tampoco?

¿Qué conseguí, mientras gocé la vida?

¡El escarnio y la burla ante mi paso!

¡Hallar espinas por do quier que toco!

¡Y, con el alma huérfana y herida,

hundirme, poco a poco,

en un abismo de tristeza y llanto,

que desgasta las fuerzas de mi cuerpo,

y que lleva también al Campo-Santo!...

Pues morir por morir, ¡venga la muerte,

y que, en vez de llevarse en mis despojos

un extraño armazón seco e inerte,

y unos marchitos y apagados ojos,

se lleve un cuerpo juvenil y fuerte,

y el brillante fulgor de una pupila

que, trémula de amores y de enojos,

con vivo fuego sin cesar vacila!

Algo tengo que dar, la muerte sea

la que recoja ese algo que le ofrezco;

y pues todos me dicen a porfía,

que vivir en la tierra no merezco,

por ser extraño ser, de extraña forma,

que vive sin igual entre los suyos,

y pues aquesto la razón informa,

con ejemplos sin fin, con experiencias,

dejemos a las otras existencias

en este mundo suyo, que no es mío,

y hagamos para el alma

el eterno vacío,

donde es seguro entraré la calma!...

Y ¿el amor?, ¡ay!, ¡inútil es buscarlo

sin Fernando!, ¡jamás hallarle puedo!...

Él me mando olvidarle,

tengo que obedecerle, y tengo miedo

que al encontrarse el alma sin su guía,

se pierda en un deshecho torbellino

y me arroje de lleno en el destino

de ser loca que el mundo me auguraba!...

¡No!, ¡no quiero que acierte!, ¡por lo menos

que una vez se equivoque en su existencia,

y si de loca me trató algún día

que nunca lo confirme mi existencia!»

—Esto hablaron los ojos de María;

la luna de esplendores rodeada

su órbita inmensa sin cesar seguía;

los soles del espacio

brillaban como chispas de topacio;

cantaba el ruiseñor en la enramada,

y un confuso vibrar de ayes y risas

brotaban sin cesar de la cascada.

Después se oyó un suspiro prolongado,

un ¡ay!... triste y profundo,

eterno adiós a nuestro bello mundo

de un alma que partía

sin material dolor, sin agonía…

Luego, como una masa informe, inerte,

sin espíritu ya, sin pensamiento,

el cuerpo de María,

despojo hermoso que logró la muerte,

rodó, por los peñascos, al abismo,

mientras lejano el eco repetía:

«¡¡No quiero, sin su amor, ni el cielo mismo!!»

EN EL CUARTO DEL BARBA

En Córdoba, la ciudad

rica en artes y en recuerdos,

en una estancia pequeña

de un palacio solariego,

que se mira sin escudo,

por más que debió tenerlo,

rara estancia que se adorna

con muebles en parte nuevos,

y en parte de medio siglo,

sobre un sillón algo recio

teniendo en frente una imagen

de cera, de corcho o fresno,

que no se ve de lo que es

con el barniz sobrepuesto,

cuya imagen, encerrada

en un fanal verdinegro,

se levanta en una mesa

que está algo coja del tiempo,

y que sirve, a más de altar,

de estante de libros viejos,

sobre el sillón recostado,

y en la negra sombra envuelto

de una pantalla, inclinada

sobre un quinqué que, de lleno,

ilumina de Fernando

el rostro tostado y serio,

se ve un señor, sin edad

porque la oculta su ceño,

y que, a la sombra mirado,

se parece desde luego

a Fernando, con lo cual

por su padre le tendremos. —

«¿Y te costó convencerla?»

«No mucho, padre, yo creo

que algo hay cierto en lo que dicen.»

«¿Y ahora sales con que es cierto?»

— Dijo el trasunto retrato

de aquel gallardo mancebo. —

«Mucho he sentido tener

que hablarte, Fernando, de ello,

pero hijo, piensa y verás

que es tu porvenir primero;

aunque sé que desde niño

ese amor vivió en tu pecho,

nunca he querido aludir

a que era fuerza romperlo;

ella lista, apasionada,

tú niño audaz e inexperto…

Era preciso dejarte

al amor, como maestro;

pero llegado a esa edad

en que manda el pensamiento,

fue necesario correr

de las ficciones el velo:

su cabeza no está buena,

tú mismo, sin yo saberlo,

ya lo venías pensando;

no digo, ni mucho menos,

que virtud le falte, no,

pero tú ya ves, sin seso

no se ve mujer honrada

y, además, medita, bueno…

Si fuera acaso marquesa

o millonaria, a lo menos…

poniéndola en cura… vamos…

pero ya ves, ni aun en esto

se pueden hallar razones

para enlazaros; yo creo

que pienso muy bien y soy

para ti, cual debo serlo.»

— Aquesto su padre dijo,

y el hijo siguió diciendo: —

«Lo que dices es verdad,

pero ¡cuándo tanto tiempo

se quiso!... ¡en fin!... sobre todo

que ya no tiene remedio;

esta mañana le hablé

como me dijiste, y creo

que, si ahora sentimos ambos

la separación, el tiempo,

que siempre se lleva todo,

se llevará el sentimiento,

y mucho más cuando miro,

aunque la razón no acierto,

que, esa María levanta

a extraña región su vuelo.»

—Tosió aquí el padre sin duda

por querer hablar muy presto. —

«¿Qué mujer has visto, di,

con tan pocos miramientos,

que acuda siempre a las citas

que le das, pues yo comprendo

que, antes de mirarte novio,

te mira cual hombre, y creo

que, si contigo hizo así,

con otro hiciera lo mesmo?...

Con que, hablemos de otra cosa;

¿cómo siguen los terneros?»

«Tan gordos, padre.» —«¿Y las yeguas?»

«Mudando todas el pelo.»

«Tengo que ir a verlas: dime

y ¿encontrose el burro negro?»

«Así que dejé a María

busqué a Martín el cabrero,

y con él estaba el burro.»

«Buena noticia, me alegro»

—En esta forma y manera

hablaron por largo tiempo

hasta que un reloj, de cuco,

de tanto andar descompuesto,

se puso a contar las once

y se paró sin hacerlo;

abriose la puerta a poco,

y, con sendo candelero

de reluciente metal,

entro una dama de tiempo:—

«Que ya está la cena,» —dijo—

«Madre, esta noche no ceno.»

«Yo sí, mujer,» — replicó

el padre. — «que ganas tengo

de probar la miel de caña

que ayer se compró al manchego.»

— La mujer dejó la luz

sobre la mesa; salieron,

primero el padre, después

el hijo. — «Madre, ¿te espero?»

— Le dijo en la puerta. — «No;

no me esperes, que me quedo

a encender la lamparilla

a Santa Rita; voy presto»

— (Santa Rita era sin duda

la del fanal verdinegro).

Esto sucedió en la noche

en que el abismo tremendo

en sus antros recibió

aquel acabado cuerpo,

donde el alma de María

halló en el mundo su encierro.

JUICIO DEL PÚBLICO

Dos días han pasado

desde el momento aquel en que la aurora,

con su fulgor rosado,

iluminó las crestas de granito

a cuyo pie se vieron dos amantes

a quienes ya separa el infinito.

hace que anocheció pocos instantes;

en bullicioso corro

de alegres andaluces

(les gusta platicar entre dos luces).

Con sonora palabra se leía

un suelto que traía

uno de esos diarios que se nombran

a sí mismos, periódico informado,

que a las gentes asombran

con relatos de bodas y de robos,

y que son el encanto, y el recreo,

de mujeres, de niños y de bobos.

Oigamos lo que dice: — «Con tristeza

vamos a dar una noticia triste,

que un suceso de tal naturaleza

como el que hace dos días ha pasado,

deja el ánimo siempre contristado.

Hallándose don M.Z. y N.

con su señora e hija,

en una cortijada de la sierra,

que dicho Z. (propietario), tiene,

parece que la joven infelice

de quien con visos de verdad se dice

que hace tiempo se hallaba trastornada…»

—(La gramática aquí ni habla, ni reza,

sin duda le trastorna la tristeza). —

«En un acceso de fatal locura

de su delirio ¡la infeliz! llevada,

buscó la sepultura,

arrojándose al aire de cabeza

desde una roca colosal, llamada

por los serranos, el balcón del cura;

excusemos funesto comentario

rogando al de la altura...

—(El que habita sin duda el campanario)—

por el alma de aquella criatura;

y ¡ojalá les de el cielo,

a sus padres, valor y algún consuelo!»

«Chico, qué atrocidad ¡pequeño salto

que ha dado la mujer!—el que leía

dijo, mientras doblaba

el papel que informado se llamaba.—

«¿No conocéis el sitio? Es un basalto

que tiene, de su cima hasta su base,

cincuenta metros por lo menos de alto.»

«Era de esperar, hombre, que esa chica...»

«¿No dicen que era novia de Fernando?...»

«Desde hace mucho tiempo.»—«Pues se explica

un trastorno.»—«Por qué»—«Quiso ser rica,

y como halló que el hombre no era lerdo,

y andaba receloso al matrimonio...»—

«Es claro… pues… se la llevó el demonio…»

Si allá, en los senos de la madre tierra,

llegó a vibrar la voz de aquellos seres,

¡qué espantoso tormento pasaría

en los abismos yertos encerrada,

aquella que, al morir, sólo quería

que su razón se viera proclamada!

¡Con qué placer tan grande cambiaría

su ropaje de fúnebres crespones,

y envuelta en juveniles vestiduras,

seco ya el corazón, sin ilusiones,

viviera sin zozobras ni amarguras,

burlándose del alma y sus pasiones!

NOTAS AL TEXTO

Fernando se casó; noble heredera

joven (aunque un poquito bachillera,

como dicen que son las provincianas),

encontró por mujer; también se dice

que alguna vez padece de tercianas,

pero será invención de cordobeses,

puesto que, sin parar, cada diez meses,

un vástago regala a los Guzmanes,

y no se nota en ella la flojera

que debiera causarle sus afanes.

Fernando vive bien, rico, dichoso;

hoy visita sus montes y sus prados,

mañana va a una tercia de ganados,

por la tarde al casino, donde deja

un ciento de billetes

(siempre que tira a Jorge de la oreja);

dirige en el invierno los trabajos

de la recolección de la aceituna;

se va a Madrid un mes, en el otoño,

a darle una sangría a su fortuna;

y, ¡cosa rara!, siempre que un retoño

viene al mundo, después de tal viaje,

tal vez de las molestias del camino,

representa raquítico y enfermo

(de cómo al cometer un desatino

nacen los hijos con funesto sino).

Va a Sevilla a la feria de primavera,

haciendo alardes de su lujo vano;

y vuelve a medio agosto

para ver en sus cámaras el grano;

al terminar octubre,

sube a las viñas a probar el mosto,

y allí (no siempre) en noche silenciosa,

oyendo rasguear una guitarra,

y murmurando al son una playera

cantando a media voz por licenciosa,

suele decir: —«Ya hace años que María

cometió su postrera tontería;

cuando pienso despacio en el asunto

tiemblo, al considerar, qué hubiera sido

si me viera al presente su marido;

con mujer tan extraña y veleidosa

llevada de un amor tan insensato,

me esperaba de fijo algún mal rato.» —

Esto dice, a la par que la guitarra

parece que responde: — «¡Ingrato!... ¡Ingrato!...»

Ningún suceso que mostrar nos queda,

y aquí se acaba el cuento

que en esto, acaso, resumir se pueda:

«Peligros de sentir sin pensamiento,

ventajas de pensar sin sentimiento.»